어디에나 있고 어디에도 없는

어디에나 있고 어디에도 없는

이연희 사진 에세이

봄날의책

어디에나 있고 어디에도 없는

"누나, 집 팔렸어."

미팅이 끝나고 근처에 있는 지하 갤러리에서 그림을 보고 있을 때 남동생으로부터 전화가 왔다. 다행히 갤러리엔 나 외엔 아무도 없어서 엄마가 살고 계시는 고향집이 팔렸다는 소식을 알리는 전화를 받을 수 있었다. 소식을 전하는 남동생의 목소리는 허둥거렸고, 그걸 듣는 내 마음엔 구멍 하나가 뚫렸다.

엄마가 살고 계시는 시골집은 내가 열세 살이던 해에 우리 집이 됐다. 그 전까지는 골목에서 더 들어간, 마당이 좁은 은주네 집이 우리 집이었고, 우리 집이 된 이 집은 부산댁 내외가 살고 있던 집이었다. 부산댁 집에는 가끔 손녀들이 와 있곤 했는데 손녀 중 한 명이 내 또래여서 가끔 그 집에 놀러가곤 했다. 그때는 마당 남쪽에 변소와 헛간이 자리하고 있어서 마당은 한쪽이 늘 그늘져 있었다. 서쪽에는 바닥이 보이지 않는 깊은 우물이 자리하고 있었다. 사정이 생겨 부산댁 가족들이 이사를 갔고 넓은 마당이 필요했던 우리가 그 집을 사서 들어갔다. 그러면서 남쪽에 있던 헛간과 변소가 동쪽으로 옮겨갔고 그 자리에 낮은 담이 세워졌다. 우물은 메워지고 펌프가 대신했으며 나중엔 키 낮은 수도꼭지가 놓였다. 또 창고 두 동과 텃밭 옆에 축사가 들어섰다.

이 집에서 우리 식구는 꼬박 30년을 살았다. 그사이 마당에 있던 커다란 감나무가 죽었고, 소 울음소리가 그치지 않던 축사도 비워지고 해마다 달걀을 제공하던 닭들도 더 이상 볼 수 없게 되었다. 그리고 무엇보다 어느 봄날 아버지가 돌아가셨고 엄마는 늙었다, 아주 많이.

지난 설에 집에 갔을 때 엄마가 그랬다. 이제 시골 생활을 접어야겠다고. 그 말을 들었을 때 엄마가 더 이상 버틸 수 없다는 걸 알았다. 젊었을 때도 그렇고, 칠십이 넘어서도 엄마는 몸을 아끼지 않고 논밭에 있는 작물과 가축을 돌보았다. 그것들을 돌보느라 도시에 있는 자식들 집에 맘 놓고 놀러오지도 못했다. 그런 엄마아빠를 보며 우리는 우리 엄마아빠가 아니라 작물과 가축의 엄마아빠인 것 같다며 서운해 했다.

엄마는 새벽이면 일어나 밭으로 갔다. 엄마의 일상 대부분은 집-밭, 집-밭이었다. 그랬는데 이젠 밭일을 할 수 없게 됐다. 몸이 밭일을 할 수 없을 만큼 낡아버려서다.

오래 전부터 엄마에게 밭일을 그만 두시라 얘기했지만 엄마가 고향집을 떠날 거라고는 상상해본 적이 없다. 엄마는 고향이었고 고향은 곧 엄마였으니까. 그런데 그런 고향집을 엄마가 떠나겠다고 했다. 집에 있으면서 농사를 짓지 않을 수는 없으니까 차라리 떠나겠다 맘먹었던 것이다.

우리는 엄마에게 늘 받아먹었다. 갓난쟁이였을 때는 젖을 받아먹었고,
커서는 밥을 받아먹었고, 더 커서는 밥 사먹을 용돈을 받아먹었고,
더 나이 들어서는 내 새끼들에게 먹일 쌀과 김치와 된장과 고추장과
간장과 콩, 팥, 깨 등등을 받아먹었다. 그것들은 엄마나 우리에게 너무나
당연했지만 이제 당연하지 않게 됐다. 당연했던 엄마의 밥상, 당연했던
엄마의 텃밭과 앞밭, 당연했던 엄마가 있던 풍경, 당연했던 우리들의 집.
그 당연했던 것들과 이제는 이별을 해야 한다. 아쉽고 또 아쉽지만.

누군가 그랬다. 네 고향 사진은 특정 장소를 찍은 것이지만 그렇다고
그것이 장흥이라는 한 장소에 국한된 건 아닌 것 같다, 사진 속
그 장소는 장흥이 아니라도 다른 어디에도 있을 것만 같다, 라고.
나는 그 말을 이렇게 이해했다. 어디에나 있고, 어디에도 없는 곳.

내가 그동안 찍은 사진 속 풍경은 어디에서나 볼 수 있는 익숙한
풍경일 수도 있지만, 나의 고향은 이제 어디에도 없는 곳이 되었다.
거기에 있는 그곳은 이전과 같을 수 없으므로.

별

남동생 친구였던 진만이가 오래전 우리 시골집에 다녀와서는 그랬다. "누나, 나는 그렇게 많은 별을 누나네 동네서 처음 봤어. 이렇게 고개를 들면, 그냥 막 쏟아질 것 같은데 와! ……" 녀석은 감탄사만 내뱉고 말을 잇지 못했다. 지금도 우리 시골엔 별이 많다. 것도 아주 많다!

금미언니네 방

우리는 금미언니 집에 곧잘 모였다. 금미언니 방은 본채에서 떨어진 아래채에 있었고, 거기에서라면 마음껏 떠들 수 있어서였다. 모여서 하는 일이라곤 수다를 떠는 게 대부분이었다. 나는 금미언니 방을 좋아했는데 거기에 책이 있어서였다.

금미언니가 쓰던 방의 주인은 신혼 부부였던 언니네 큰오빠 내외였다. 하지만 그러그러한 이유로 그 방의 주인은 다른 곳으로 갔고 그곳엔 금미언니의 새언니 화장대와 옷장, 그리고 몇십 권의 책이 남겨졌다. 벽에 걸린 책꽂이에는 박경리 작가의《토지》와 중학생인 내가 구할 수 없는 야한 연애소설들이 가지런히 꽂혀 있었다. 그 당시 나는 여기저기서 책동냥을 했는데 금미언니네 방도 그중 하나였다. 언니들이랑 함께 있는 동안은 책을 읽을 수 없었지만 헤어질 때가 되면 책을 빌려와 밤새 읽었다. 어른들의 연애를 상상하면서.

금미언니 집은 언니네 엄마가 돌아가신 뒤 버려진 채로 있다가 허물어졌고, 한때 마늘밭이었다가 지금은 작약밭이 되었다.

남동생 둘

남동생이 둘 있는데 바로 밑 동생은 나랑 두 살 터울이다. 그 녀석은
성질이 보통이 아니었는데 집은 물론이고 동네서도 또래들의 대장
노릇을 했다. 그 녀석이 그랬던 것은 할아버지 탓이 크다. 할아버지는
손자가 태어나기를 기다렸는데 큰애도 딸, 둘째도 딸이 태어나서
실망이 이만저만이 아니었다가 세 번째에 손자가 태어나자 말도 못하게
좋아했다고 한다. 엄마 말에 따르면 그렇다. 할아버지는 손녀인 언니랑
나에게는 다정한 말 한 마디 없었으나 내 동생만큼은 물고 빠셨다.
동생을 보려고 이웃 마을인 우리 집에 자주 왔고, 남동생이랑 씨름을
하는 게 할아버지의 즐거움이었다. 씨름을 할 때면 일부러 져주곤
했는데 그 때문에 동생은 늘 기고만장이었다. 호랑이 같은 할아버지를
'이겨 먹곤' 했으니 겨우 두 살 많은 나는 만만해 보였겠지. 초등학교
때까지는 서로 지지 않으려고 으르렁대는 앙숙으로 지냈다. 지금도
아주 가끔 웬수 같을 때가 있지만 장남 노릇하느라 애쓰는 것을 보면
안쓰러울 때가 더 많다.

막내는 대개는 부드럽고 섬세하지만 고집을 부리기 시작하면 누구도
말릴 수가 없다. 어렸을 때 한번은 얘가 무엇 때문에 울기 시작했는데
온 식구가 달래도 울음을 그치지 않았다. 그 울음소리가 담을 넘었는데
그걸 들은 동네 오빠들이 얘 별명을 '한시간반'이라고 붙였다. 아마도
그때 그 녀석이 한 시간 반 동안 울었나 보다.

애들은 둘이 뭉쳐서 밖으로 싸돌아다니기도 했으나 집에 있으면
자주 싸웠다. 원인 제공을 하는 쪽은 주로 큰애였다. 놀리기 선수.
작은 트집을 잡아서 막내를 놀렸는데 그러면 막내도 지지 않고
대들었다. 그러다 결국 싸움으로 이어졌고 그럴 때면 나만 억울했다.
둘이 싸우는 소리를 듣고 엄마가 방으로 들어와서 둘을 혼내셨다.
거기서 끝나면 좋으련만 마무리는 늘, 너는 동생들 싸우는데 안 말리고
뭐했냐며 그 불똥이 나한테 튀었고 내 등짝에도 불이 났다.
하여간 나쁜 시끼들이었다.

새까맣고 삐쩍 마른

언니는 아빠를 닮아서 예뻤다. 눈도 크고 코도 크고 입은 적당하고. 그에 비하면 나는 눈도 작고 코도 낮고 입도 작았다. 예쁘장한 언니에 비해 나는 그냥 그랬다. 더군다나 내성적이었던 언니는 밖에도 안 나가고 집에만 있어서 얼굴도 하얬다. 나는 아침에 밥숟가락 놓자마자 밖에 나갈 궁리를 했고 점심 먹으러 들어왔다가는 오후에 또 나가 놀았다. 그랬으니 여름이 되면 완전 새까맣게 탔다. 거기다 삐쩍 마르기까지 했으니 예쁨과는 상당히 거리가 멀었다. 그때 찍은 사진이 시골집 어딘가에 아직도 있을 거다.

순심월드

순심이네 집은 우리한테 최고의 놀이터였다.

순심이네 집 앞엔 크지도 작지도 않은 감나무 한 그루가 있었는데
여름이면 거기에 모여 공기놀이를 했다. 밤톨보다 살짝 작은 자갈돌을
수북이 쌓아놓고 놀다가 해질 때가 되면 순심이네 대밭에 그것들을
숨겨두었다.

자리가 크게 필요하지 않은 두 줄 고무줄놀이를 할 땐 대문에서 가까운
마당에서 했고, 고무줄넘기처럼 큰 공간이 필요할 땐 마당 한가운데로
옮겨서 했다. 비가 온 뒤에는 부엌에서 가까운 곳에 쪼그리고 앉아
못치기를 했는데 그곳 흙이 너무 딱딱하지도 않고 또 질척거리지도 않아
못치기 하기에 적당해서였다. 맑게 갠 날에는 거기서 두어 발짝 떨어진
곳에서 땅따먹기를 했다.

순심이네 집 마당 한가운데는 우리가 파놓은 구슬치기 구멍이
있었다. 순심이네 집이 우리들에게 핫플레이스였던 이유였다. 누군가
구슬치기하자고 하면 우리는 마른 흙으로 위장해놓은 다섯 개의 구멍을
찾아냈다. 그리고 놀이가 끝나면 다시 흙을 덮어서 그것들을 감쪽같이
숨겼다. 순심이 부모님한테 들키지 않게.

마당에서의 놀이가 재미없거나 춥고 더울 땐 순심이네 방으로 들어갔다.
안방에선 순심이 아버지가 화투로 운세보기 같은 것을 하실 때도
있었지만 낮에는 들일하러 나가 집을 비울 때가 많았다. 우리는 순심이
아버지가 계실 때는 작은방에서 순심이 큰오빠가 사다놓은 더블데크
카세트플레이어로 노래를 듣다가, 순심이 아버지가 나가고 안 계시면
안방에서 화투를 꺼내 놀았다.

화투도 구슬 구멍도 우리 집에서는 금하는 것들이라 나는 거의
매일 순심이네 가서 놀았다. 순심이랑 나는 우리 둘만 아는 암호를
정해 서로를 불러내서 놀았는데, 나중엔 식구들이 다 아는 소리가
되어버렸다.

고모할머니

같은 마을에 아빠의 고모인 고모할머니가 사셨다. 고모할머니가
살아계시는 동안은 우리는, 고모할머니 집을 고모할머니집이라고
불렀고, 고모할머니 밭을 고모할머니밭이라고 불렀고, 고모할머니 산을
고모할머니산이라고 불렀다. 고모할머니가 돌아가신 뒤로는 아재집,
아재밭, 아재산으로 부르게 됐다.

고모할머니는 키가 아주 작았고 흰머리에 쥐색이 섞인 긴 머리카락을
쪽찌어 비녀를 꽂았다. 고모할머니를 생각하면 가장 기억나는 건
그녀가 애정했던 곰방대였다. 그녀만큼 작은 방에서 기다란 곰방대 끝에
가루담배를 담아 그것을 뻐끔뻐끔 피우셨다.

고모할머니는 말이 많지 않았고 말을 할 때도 목소리가 작고 느렸다.
말이 적고 느린 게 원래부터 그랬는지 아니면 늙어서 그런 것인지는
알 수가 없다. 하지만 나는 세상에서 한발 비켜난 듯 고요하고 평온한
고모할머니의 모습이 좋았다. 고모할머니에 비하면 우리 할머니는 아주
오래까지 시끄러웠고 욕심이 많았다. 그래서 우리 엄마를 힘들게 했다.
세상 많은 것들이 그러하듯 시끄러운 할머니에게 시달리는 우리 엄마를
고요한 고모할머니가 위로해주었다. 그래서 나는 고요한 것들이 좋다.

도포자락 휘날리며

우리가 사는 아랫동네에서 윗동네로 가려면 두 가지 방법이 있다. 하나는 마을 앞에 있는 큰길을 따라 가는 것이고, 다른 하나는 밭들 사이로 난 언덕진 길을 걸어가는 것이다.

윗동네에는 엄마의 외갓집이 있다. 그러니까 우리 집을 가운데 두고 오른쪽 동네에는 할머니집이 있었고 왼쪽 동네에는 진외가가 있었는데 그렇게 된 데에는 외증조할아버지 역할이 컸다. 외증조할아버지가 아주 옛날에 외증조할아버지 논 옆에서 성실하게 일하던 잘생긴 청년을 보고 외손자사위로 점을 찍고 우리 엄마랑 중신을 섰다. 그래서 엄마아빠가 결혼을 하게 됐는데 이 얘기를 들려줄 때 엄마 목소리에서 외증조할아버지에 대한 고마움보다는 원망이 더 느껴졌다. 성실은 개뿔!

외증조할아버지는 가끔 머리에 갓을 쓰고, 하얀 도포자락을 휘날리며 언덕진 길을 내려와 우리 집 앞에서 "경자야!" 하고 부르셨다. 그러면 일을 하던 엄마는 부리나케 달려나가 외증조할아버지를 황송하게 맞이했다(공손보다는 황송이라는 말이 맞을 정도로 엄마는 어른들을 대할 때 늘 그랬다).

외증조할아버지가 놀러 오시면 엄마는 우리 사남매 중 누군가를 시켜 막걸리를 사오게 했다. 그리고 부엌에 들어가 할아버지가 드실 음식을 만들었다. 엄마는 손님이 오면 부엌에서 나는 소리를 최대한 숨겼다. 칼 손잡이를 이용해 마늘을 빻을 때도 소리가 나지 않도록 조심했다. 엄마를 돕던 내가 잘못해서 우당탕거리기라도 하면 눈을 흘겼다. 왜 그렇게까지 조심해야 하냐고 하면 차린 것도 없는데 별것이라도 하는 것처럼 요란하게 보일까봐 그런다고 했다. 어렸을 때는 손님을 어렵게 대하는 엄마가 조금은 못마땅했다. 스스로를 낮추기만 하는 게 싫어서였다.

외증조할아버지는 엄마가 차려낸 안주와 막걸리를 기분 좋게 드시고는 도포자락을 휘날리며 왔던 길을 되돌아가셨다. 그게 아마도 1980년대 초였을 거다.

오토바이 탄 아빠

아빠를 떠올리면 가장 먼저 생각나는 건 완도대교 앞에서 찍은 사진
속 모습이다. 사진 속 아빠는 짙은 색 재킷을 입고 넥타이를 매고
선글라스를 끼고 구두를 신고 입에 담배를 물고 오토바이에 앉아 한껏
웃고 있었다. 허세 작렬! 같은 날 찍은 다른 사진에서, 네다섯 살쯤 되어
보이는 언니와 함께 있는 걸로 보아 우리 식구가 강진에 살 때였던 모양.
어쩌면 아빠 인생에서 가장 어깨가 가벼운 시절이 아니었던가 싶다.

7남매 중의 장남, 25살 터울인 당신의 막냇동생이 태어나지 않았더라면
아빠는 외아들이 될 뻔했다. 아빠는 호랑이 같은 할아버지에 비해
많이 내성적이었고 소심했다. 그래서 부모님 말씀을 거절하지 못했고
시집살이하는 엄마를 적극적으로 지키지도 못했다.

강진에서의 생활을 접고 할아버지 집으로 들어가면서부터 아빠의
날개도 꺾였을 거다. 한량의 기질을 갖고 태어났지만 성실함을
강요받았고, 그것을 거절할 수도 없었다. 낮에 당신의 일을 끝내고 집에
돌아와서도 들에 나가 일을 했는데 어린 내가 보기에도 아빠는 고단해
보였다. 몸이 아니라 마음이.

아빠가 가장 좋아했던 시간은 하루 일을 마치고 신문을 보거나 팔을
괴고 누워 텔레비전을 보는 시간. 그때 보이는 평온함이란.

아빠가 돌아가시고 하관할 때, 둘째 고모가 흙을 아빠 위에 뿌리면서
그랬다. "오빠! 그곳에서는 훨훨 날아다니쇼!"

여름방학

C는 남부자 집의 외손자라고 했는데 남부자 할아버지의 혈육은 아니었다. 나보다 두 살 많았던 C는 초등학교 때는 개구쟁이였고 중학교 때는 서로 말을 않고 지냈다. 싸워서는 아니고 중학생이 되면 남학생과 여학생은 소 닭 쳐다보듯 지냈다.

그는 광주에 있는 고등학교에 진학한 뒤에도 방학 때면 시골에 내려왔다. 한 번은 여름방학 동안 동네 언니, 오빠들과 꽤 오랜 시간 이야기를 나눌 일이 있었다. 나는 거기에 낄 나이가 아니었지만 우리 언니의 동생이라는 이유로 그들 사이에 끼어들 수 있었다. 그때는 언니도 덜 수줍어졌다. 아마도 C랑 가까워진 건 그때였을 거다. 내가 그의 이야기에 귀 기울여 주었나? 그날 이후로 C는 간간이 편지를 써서 우리 집 대문 밑에 놓아두곤 했다. 그것도 이른 아침에. 아침잠이 많은 나는 귀찮아도 일찍 일어나 대문을 열고 그 편지들을 수거해야 했다. 그러지 않았다가는 식구들의 놀림을 받을 수 있었으므로.

편지는 대체로 심심했다. 낙서와도 같은 그의 독백이 적혀 있을 뿐. 직접적이지는 않지만 혈육에 대한 그리움과 쓸쓸함도 녹아 있었다. 나는 수거한 편지를 곧장 읽지 않고 머리맡에 두고 다시 잠들었다가 늦게 늦게 일어나서야 읽었다. 그가 고등학교를 졸업하기 전까지는 방학 동안 그랬을 거다.

C가 고등학교를 졸업한 뒤로는 그에 대한 소식을 들을 수 없었다.

꽃밭

어렸을 땐 순심이네 꽃밭이 부러웠다. 돌담 아래에 일자로 쪼르륵 달려
있는 꽃밭이었다. 그 꽃밭엔 맨드라미, 과꽃, 채송화, 봉숭아, 국화
같은 한해살이 꽃들이 심어져 있었다. 가끔 순심이 아버지가 꽃밭 앞에
쪼그리고 앉아 풀을 뽑는 걸 보기도 했다.

우리 집은 아빠가 꽃밭을 허락하지 않았다. 꽃밭이 갖고 싶어서 언니랑
나는 어디선가 꽃모종을 얻어 와서는 장독대 옆 사철나무 아래에
그것들을 심은 적도 있다. 하지만 꽃들은 아빠의 비질 한 번에 쓸려가곤
했다. 꽃을 심으면 마당에 풀이 자라서 안 된다는 게 이유였다.

꽃밭을 갖고 싶은 건 언니나 나만 그랬던 건 아니었던 듯. 좀 더 큰
집으로 이사를 하고 나서 엄마는 앞마당과 텃밭으로 가는 길목에
화단을 만들었다. 거기에 소나무며 사이프러스나무(?)며 향나무를 심고
대문 앞에는 외갓집에서 얻어온 차나무를 화단 울타리처럼 심었다. 텃밭
옆 화단에는 동백과 수국, 작약 등을 심었는데 작약이 필 때쯤에는 꼭
산비둘기가 울었다. 그래서 오월이 되면 나는, 작약과 함께 산비둘기를
떠올리게 된다.

박실댁 빈집

그 오랜 어느 날, 그 집 마당에선 잔치가 열렸다. 그 집 큰아들이 결혼을 해서다. 낭랑예식장에서 결혼식을 하고 뒤풀이는 박실댁 집 마당에서 열었다. 동네 엄마들이 음식 만들 손을 거들러 그 집에 갔다. 음식 냄새가 피어올랐고, 곧이어 흥겨운 노랫소리가 온 동네에 울려 퍼졌다.

하지만 수십 년째 박실댁 집은 비어 있다. 담장 위에 박혀 있는 유리 조각들은 여전히 날카롭고, 마당엔 그늘만 가득하며…… 그 집을 지키는 건 늙은 사자 한 마리다.

수동할머니

수동할머니는 할머니고, 수동할머니의 딸인 영희언니는 언니고,
아들들인 영현이오빠, 광현이오빠는 오빠다. 수동할머니가 할머니면,
할머니의 딸과 아들은 고모나 삼촌으로 불러야 하는데 호칭이 좀
이상하다. 근데 수동할머니네 식구만 그렇게 부르는 것이 아니라 다른
집 식구들을 부를 때도 그렇게 불렀다. 기억나지 않는 때부터 그렇게
불렀다.

수동할머니는 우리 엄마도 좋아하고 나도 좋아했던, 피 한 방울
섞이지 않은 동네 할머니다. 성정이 순하고 따뜻했고 웃을 때면 얼굴이
함박꽃처럼 환했다. 할머니네 밭이 우리 밭 옆에 있어서 우리 밭에 가면
할머니를 자주 만날 수 있었다. 할머니네 밭은 우리 밭보다 지대가
높았는데 엄마 일을 돕다 말고 할머니 밭 쪽을 올려다보면 정물처럼
앉아 있는 할머니 모습이 눈에 들어오곤 했다. 밭 한 고랑 매고 앉아
쉬고, 밭 한 고랑 매고 앉아 쉬고. 서둘 게 없는 삶이었다. 할머니 시간은.

할머니는 아흔이 다 되도록 작은 집에서 혼자 살았는데 어느 겨울엔가는 연탄불을 갈기 힘들 만큼 쇠약해졌다. 그래서 겨울만 나고 집으로 돌아오겠다며 부산에 있는 큰아들 집으로 갔는데 영영 못 돌아오고 말았다. 간 김에 건강검진을 했는데 그때 몸속에서 암이 발견됐고 몇 달 못 살고 돌아가셨다고 했다.

가끔 시골에 가면 수동할머니네 집에 가보곤 하는데 마루가 있는 바깥벽엔 여전히 시계가 걸려 있고 마당엔 풀이 무성하다. 풀들은 계절에 맞춰 피었다 지기를 반복하는데 멈춘 시계는 다시 움직이지 않는다.

나 어떡할래, 감수광

봄철 농번기가 끝나고 백중날이 되면 이른 아침에 이장님이 방송을 했다. 집집마다 한 명씩 울력에 참여하라는 내용이었다. 울력 나온 어른들은 구역을 정해 마을을 정돈했다. 마을 곳곳에 자라는 풀을 베고 골목골목을 청소했다. 그러고 나서 뭘를 했냐면 회관에 모여 잔치를 벌였다. 부녀회에서 준비한 술과 음식을 먹고, 아침에 이장님이 방송에 사용했던 마이크를 잡고 노래를 불렀다. 우리는 마을 어귀에서 놀다가 어른들이 돌아가며 부르는 노래를 들었는데 우리 엄마는 '단골손님'을 불렀다. 오실 땐 단골손님 안 오실 땐 남인데…… 엄마가 노래를 부르는 동안 내 얼굴은 귀까지 빨개졌다. 제발 노래는 1절만!

공개적인 자리에서 엄마 노래를 들었던 적이 또 있다. 어느 핸가 추석에 마을 노래자랑이 펼쳐졌다. 차양이 쳐지고 그 아래에는 수상자들에게 줄 상품이 놓여 있었다. 참가상도 있었던가. 맨 앞자리에 앉아서 동네 사람들이 노래 부르는 것을 구경했는데 참가자 중에는 우리 엄마도 있었다. 엄마가 부른 노래는 혜은이의 '감수광'. 나는 엄마가 마이크를 잡자마자 고개를 숙였고, 어서 노래가 끝나기를 기다렸다. 엄마는 나름 신곡이라고 그 곡을 골랐던 것 같은데, 나는 엄마가 선곡을 잘못했다고 생각했다. 그냥 '단골손님'이 더 나았어, 엄마!

설탕국수

무더운 날이면, 엄마는 마당가 화덕에 솥을 얹고 국수를 삶았다.
그리고 두 되짜리 양은주전자를 내주며 승주집 우물에 가서 물을
떠오라 했다. 장독대 옆에 펌프도 있고, 동네 가운데 공동우물도 있지만,
시원하기로 치면 승주네 우물물을 따라갈 수 없었다.

행여 머리 큰 그 녀석과 마주칠세라, 그 녀석네 마당을 후다닥
가로질러 뒤꼍으로 돌아가면 감나무 아래 낮은 우물이 있었다. 우물을
들여다보면 단발머리 계집애의 얼굴과 감나무 잎새 사이로 흘러가는
뭉게구름이 동실 떠 있었다.

우물 안에 매달아놓은 김치통을 피해 요령껏, 또 조심히 두레박을
건져 올려보지만, 차가운 물이 찰랑거리다 검게 탄 발 위로 쏟아졌다.
주전자에 담기 전 두레박에 입술을 대고 한 모금 마시면 입안에 퍼지는
시원하고 달달한 물맛.

물을 떠오고 국수가 다 삶아지면 엄마는 국수를 그릇에 담고 물을
부었다. 냉장고 속 얼음과 설탕을 취향껏 넣고 후루룩, 후루룩!
머리끝까지 전달되는 아찔한 단맛. 그 '설탕국수' 한 그릇 먹고 나면
더위도 저만치 물러나 있곤 했다.

도시에서야 비빔국수, 잔치국수, 열무국수, 모밀국수 등 국수
종류가 많았겠지만, 식재료가 귀한 그 시절, 시골 동네에서는 여름철
간식으로 설탕국수가 가장 쉽고 만만했다. 엄마가 한가한 날에는 가끔
콩물국수나 팥칼국수를 맛볼 수도 있었지만, 그래도 우리 사남매가
가장 '애정'하는 국수는 설탕국수였다. 나이가 이만큼 되었어도
오래된 기억을 뚫고 되살아나는 맛. 남들은 인상부터 쓰는 설탕국수가
나에게는 여름철 최고의 맛이다.

엄마의 밭

앵두, 블루베리, 딸기, 당귀, 옥수수, 부추, 감자, 토마토, 둥굴레, 상추
등등. 넓은 건지, 좁은 건지 가늠이 되지 않는 텃밭에 갖가지 과채류들이
알뜰하게도 심어져 있다. 여기서 끝이 아니라, 엄마밭이라고 부르는
성당 앞 밭엔 또 다른 작물들이 자라고 있다.

나는 엄마의 텃밭을 보다가 한금선 선생의 〈산그늘 품은 마을 진뫼〉
전시에서 선생과 나눴던 대화가 떠올랐다. 선생은 진뫼마을 어머니들이
아침이면 시끄러운 소리 때문에 잠에서 깨곤 한다 했다.

"왜요? 새소리 때문예요?"

"아니요. 아침마다 땅이 두런거리고 작물들이 속닥대는 소리가 그렇게
시끄럽대요. 그 소리를 들으면 누워 있을 수가 없어서 들로 밭으로
간다고 해요."

평생 땅과 함께한 사람만이 들을 수 있는 소리. 어쩌면 엄마도 아침마다
땅이 내는 소리를 들으며 일어나는 것은 아닐까. 그렇지 않고서야
어떻게 늙은 그 몸을 가뿐하게 일으킬 수 있었을까.

밭일을 만류하길 여러 해. 하지만 엄마는 아침이면 의식처럼 밭으로 향하고, 봄이 되면 땅을 깨워 씨를 뿌리고 풀을 뽑고 때에 맞춰 작물들을 거둬들인다. 엄마가 밭일을 하고 있는 것을 보면 그 모습이 정물처럼 느껴질 때가 있다. 예전에도 그랬고 지금도 그렇고 앞으로도 그러할 것 같은 모습으로 말이다.

"아야, 나는 밭에 안 가면 재미가 없어야."

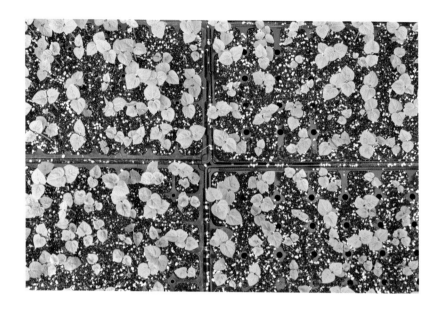

엄마 집

나는 친정이라는 말보다는 엄마 집이라는 말이 더 좋다. 엄마 집,
엄마 밭, 엄마 자전거, 엄마 신발, 엄마 모자, 엄마 방, 엄마 이불, 엄마
기도상…… 엄마의 지나친 자식 사랑에 진저리를 내다가도 엄마의
공간과 물건 들을 떠올리면 가슴 밑바닥에서 뭉클한 감정이 솟곤 한다.

엄마를 대신하는 것들, 언젠간 엄마를 기억하게 해줄 것들. 아직은
엄마와 함께 있는 것들.

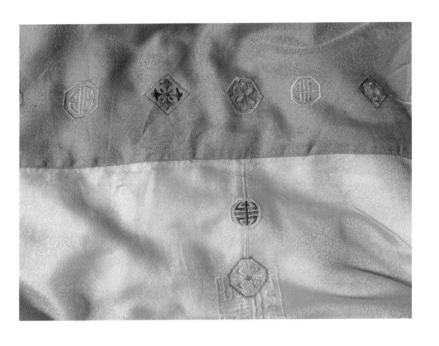

어디에나 있고 어디에도 없는

이연희 사진 에세이

초판 1쇄 발행 2022년 3월 21일
초판 2쇄 발행 2022년 4월 21일
발행인 박지홍
발행처 봄날의책
등록 제311-2012-000076호 (2012년 12월 26일)
서울 종로구 창덕궁4길 4-1 401호
전화 070-4090-2193   E-mail springdaysbook@gmail.com

ISBN 979-11-86372-92-0 03810